년   월   일 윤동주 시인을 추억하며...

초등학생을 위한

윤동주를 쓰다

1판 1쇄 발행 2016년 2월 18일
1판 11쇄 발행 2024년 5월 10일

윤동주 저

기획 지도영
편집 이상윤
마케팅 지도영
일러스트 위싱스타 김미소, 한수민
표지디자인 호기심고양이
본문디자인 위싱스타

펴낸이 지도영
펴낸곳 북에다
출판등록 제2015-000031호(2015.2.25.)
주소 08510 서울특별시 금천구 디지털로 9길 99 스타밸리
전화 070-4756-5082 / **팩스** 02-6003-0083
이메일 bookedda@naver.com / **홈페이지** www.bookedda.com

Copyright ⓒ 2016 북에다

ISBN 979-11-954894-7-3 04810
ISBN 979-11-954894-5-9(세트)

북에다는 호흡하듯 삶 속에서 책과 함께 하는 활동을 지향합니다.
북에다는 갖고 싶은 책, 가족과 친구와 함께 즐길 수 있는 책을 만듭니다.

윤동주
필사 시집

하늘과 바람과 별과 詩

초등학생을
위한

윤동주를 쓰다

Book Edda

시대를 아파하고
순수를 갈망했던

청년 윤동주 [尹東柱]

시인 윤동주는 1917년 12월 30일 만주 북간도의 명동촌(明東村)에서 아버지 윤영석과 어머니 김용 사이의 장남으로 태어났다. 일찍부터 신학문을 받아들인 명동촌에서 기독교도인 할아버지의 영향 아래 어린 시절을 보낸 윤동주는 14세에 명동소학교를 졸업하고, 1933년 용정에 있는 은진중학교에 입학했다.

15세 때부터 시작 활동을 시작한 윤동주는 1938년 서울 연희전문학교 문과에 입학했다. 연희전문에서 수학한 4년간은 청년 윤동주의 시 세계가 영글어간 시기였다. 그것은 식민 지배하의 참담한 민족의 현실에 눈 뜨는 과정이었고, 거기에 맞서 자신의 시 세계를 만들어가는 처절한 몸부림의 과정이기도 했다. 이 시기에 쓰인 19편의 작품을 모아 자선시집『하늘과 바람과 별과 詩』를 77부 한정판으로 출간하려 했으나 뜻을 이루지 못했다.

* 시인의 친필원고 <하늘과 바람과 별과 詩>

  1942년, 일본으로 건너가 도쿄 릿쿄대학 영문과와 쿄토의 도지샤대학 영문과에서 수학하던 윤동주는 이듬해 여름 방학을 맞아 고향으로 돌아갈 준비를 하던 중에 친구 송몽규 등과 함께 일본 경찰에 체포되었다. 조선의 독립과 민족 문화의 수호를 선동했다는 죄목으로 2년형을 선고받고 후쿠오카 형무소에서 복역하던 중 원인 불명의 사인으로 1945년 2월 16일 29세의 짧은 생을 마감하였다.

  윤동주 사후, 그의 자필 유작 3부와 다른 작품들을 모아 친구 정병욱과 동생 윤일주에 의해 1948년 『하늘과 바람과 별과 詩』라는 제목으로 정음사(正音社)에서 유고시집이 출간되었다. 그의 시에서 일제의 식민지배에 고통 받는 조국의 현실을 아파하고, 시대의 어둠 속에서도 티 없이 순수한 삶을 살아가고자 치열하게 성찰하는 청년 윤동주의 내면세계를 오롯이 엿볼 수 있다.

윤동주의 자취를 찾아서
-윤동주에 대해 더 알고 싶을 때 가보면 좋은 곳

윤동주문학관
서울시 종로구 창의문로 119(청운동)

시인 윤동주는 연희전문학교 문과 재학시절, 종로구 누상동에 있는 소설가 김송(金松. 1909-1988)의 집에서 문우(文友) 정병욱과 함께 하숙생활을 했다. 당시 시인은 종종 이곳 인왕산에 올라 시정(詩情)을 다듬곤 했다. <별 헤는 밤>, <자화상>, <또 다른 고향> 등 지금까지도 사랑받는 그의 대표작들을 바로 이 시기에 썼다. 그런 인연으로 종로구는 2012년, 인왕산 자락에 버려져있던 청운수도가압장을 개조해 윤동주문학관을 세웠다. 이 곳에서는 윤동주 시인의 사진 자료와 친필원고, 시집, 그리고 시인의 일대기에 관한 영상을 관람할 수 있다.

윤동주기념사업회

서울시 서대문구 성산로 262 연세대학교 문과대학

 시인 윤동주는 1938년 봄부터 1941년 겨울까지 지금의 연세대학교인 연희전문학교 문과에 재학하였다. 연세대학교는 시인 윤동주의 시정신과 문학적 업적을 기리고 계승하기 위해 2000년 11월 27일 윤동주기념사업회를 조직하였고 윤동주 시문학상, 윤동주 기념강좌 및 시 암송대회 등 시인을 기리는 다양한 사업을 해오고 있다.

윤동주 기념실

연세대학교 핀슨홀 2층

 2004년 4월 6일 처음 개관한 윤동주기념실은 연세대학교 창립 115주년인 2007년 5월 13일 기존의 기념실을 새롭게 구성해 재개관하였다. 이곳에는 윤동주 시인과 관련된 사진 자료 및 서적들이 전시되어 있다. 핀슨홀은 윤동주 시인이 연희전문학교 재학시절 기숙사로 사용했던 건물로 시작(詩作)의 산실이라 할 수 있는데 이런 연유로 윤동주의 시비 또한 핀슨홀 앞뜰에 건립(1968년)되어 수많은 내외국인이 시인의 자취를 찾기 위해 이 곳을 찾고 있다.

윤동주의 자취를 찾아서
-역사 속에 남아있는 윤동주의 흔적

윤동주 생가 -중국 지린성 옌지시 용정(현재 조선족 자치구)

연희 전문 시절 - 윤동주가 생활하던 기숙사 (핀슨홀) 전경

* 사진 자료 제공 - <윤동주기념사업회>

일본 교토. 도시샤대학교 내 윤동주 시비

일본 후쿠오카 형무소 - 수감 10개월만에 숨진 곳

윤동주 묘비 - 중국 지린성 옌지시 용정 소재

이 책에 대하여

우리나라 사람들이 가장 좋아하는 시인은 누구일까요? 김소월, 서정주, 김춘수······ 주옥같은 명시를 남긴 많은 시인들 가운데에서도 윤동주만큼 한국인들의 정서에 깊게 호소하는 시인도 드물 거예요. 윤동주 시인은 만주 북간도에서 태어나 열다섯 살 때부 터 시를 쓰기 시작했어요. 당시는 우리나라가 일본의 식민 지배하에 있을 때였기 때문 에 윤동주 시인은 식민 지배하의 참담한 민족의 현실을 고뇌하며 많은 사람들이 알고 있는 '서시'와 같은 시를 썼어요. 이 책은 윤동주 시인의 탄생 100주년을 기념하면서 그 의 아름다운 시를 따라 쓰며 시인의 자취를 따라가보는 여정을 담고 있어요.

여러분이 시를 필사하다 보면 여러 가지 좋은 점을 얻을 수 있어요. 우선 세상을 새롭 게 보는 눈을 가질 수 있어요. 시를 자주 접하면 무심코 봐오던 세상과 사람과 주위의 사물이 새로운 의미로 다가오게 돼요. 더불어 관찰력도 향상된답니다. 또 정서를 풍부 하게 하고 감수성을 키울 수 있어요. 시를 자주 읽거나 써보면 기쁨, 슬픔, 감탄 등 자신 의 감정을 표현하는 능력도 좋아진답니다. 내 감정을 표현할 새로운 단어가 없을까 골 똘히 궁리하다보면 풍부한 어휘력을 기르는데도 도움이 돼요. 그리고 우리 손은 꼬물 꼬물 활동하길 좋아해요. 그런 활동들을 통해서 우리 뇌의 세포가 활성화되고 발달하 지요. 특히 손으로 한 글자, 한 글자 아름다운 시어를 써내려 가다보면 우리의 뇌 발달 에 많은 도움이 된답니다.

이 책에는 네 종류의 스티커가 부록으로 들어있어요. 첫 번째 <감정 스티커>는 시를 필사하고 나서 여러분이 느끼는 감정을 골라서 책에 붙여보는 활동을 위한 거예요. 그러고 나서 '이 시를 써 보니 마음이 찡했어요', '나도 옛날 일이 생각나서 조금 슬펐어요'… 이렇게 써보세요. 자신이 느끼는 감정을 잘 표현할 수 있는 사람이 다른 사람들에 대해서도 잘 이해하고 공감할 수 있는 친구가 되겠죠? 두 번째는 <도장 스티커>예요. 이번에는 내가 필사한 시를 보고 어떤 느낌이 드는지 도장 스티커를 붙여보세요. 시를 음미하며 멋지게 잘 필사했다면 '축하 축하' 스티커를, 필사한 글씨가 너무 비뚤거린다면 '분발하세요' 스티커를 받아도 재미있겠죠? 세 번째, 네 번째 스티커는 옛날 음식과 물건들이 있는 스티커예요. 엄마, 아빠가 여러분만큼 어렸던 시절에는 촌스럽지만 정감가는 멋진 물건들이 많이 있었어요. 부모님과 함께 스티커 속 물건들에 대해 옛 추억을 떠올리며 그 때의 이야기를 듣는 것도 재미있겠죠?

본문의 체험 활동 코너에는 <윤동주 기념사업회>와 <윤동주 문학관>이 소개되어 있어요. <윤동주 기념사업회>에서는 시인 윤동주를 기리는 다양한 행사를 열고, <윤동주 문학관>에서는 그의 문학작품과 다양한 자료를 볼 수 있답니다. 이번 주말에는 여러분이 그동안 열심히 필사한 『윤동주를 쓰다』를 들고 부모님과 함께 윤동주 시인을 기리는 기념관과 문학관을 방문해보는 건 어떨까요? 교과서에서 시로만 볼 수 있었던 윤동주가 아니라 우리가 사는 이 땅에 존재했었고 앞으로도 영원히 기억될 아름다운 청년 시인 윤동주를 좀 더 생생하게 만나고 느낄 수 있는 소중한 시간이 될 거예요.

-편집부-

목 차

시인 윤동주 _04
윤동주의 자취를 찾아서 _06
이 책에 대하여 _10

봄 1 _16
햇빛·바람 _18
무얼 먹구 사나 _20
산울림 _22
새로운 길 _24
굴뚝 _26
눈 감고 간다 _28
해비 _30
애기의 새벽 _32
병아리 _34
비행기 _36
귀뚜라미와 나와 _38

오줌싸개 지도 _42
둘 다 _44
빗자루 _46
해바라기 얼굴 _48

밤 _50
서시(序詩) _52
조개껍질 _54
만돌이 _56
기왓장 내외 _60
나무 _62
참새 _64
버선본 _66

코스모스 _70
자화상 _72
창구멍 _74
편지 _76
빨래 _78
호주머니 _80
거짓부리 _82
이불 _84
겨울 _86
고향 집 _88
반딧불 _90
별 헤는 밤 _92

책 속 부록 _활동 스티커 4종류

일러두기

1. 이 책에 수록된 시인의 시는 『정본 윤동주 전집』(문학과 지성사, 2004)
   을 저본으로 삼았으며 그 외의 여러 판본을 참고했습니다.

2. 시는 현재의 한글 맞춤법에 가깝게 표기되었으나 시의 운율이나 어감을
   살릴 필요가 있는 경우 옛말이나 사투리를 원전 그대로 수록했습니다.

내를 건너서 숲으로
고개를 넘어서 마을로
어제도 가고 오늘도 갈
나의 길 새로운 길

봄 1

우리 애기는
아래 발치에서 코올코올,

고양이는
가마목에서 가릉가릉

애기 바람이
나뭇가지에 소올소올

아저씨 해님이
하늘 한가운데서 째앵째앵.

_ 1936. 10월.

시를 따라 써보고 시에 대한 느낌과 감정을 글로 적어보세요.
내가 느낀 감정과 가장 비슷하다고 생각되는 감정 스티커를 찾아 붙여보세요!

햇빛·바람

손가락에 침 발라
쏘―ㄱ, 쏙, 쏙
장에 가는 엄마 내다보려
문풍지를
쏘―ㄱ, 쏙, 쏙

아침에 햇빛이 반짝,

손가락에 침 발라
쏘―ㄱ, 쏙, 쏙
장에 가신 엄마 돌아오나
문풍지를
쏘―ㄱ, 쏙, 쏙

저녁에 바람이 솔솔.

_1938년.(추정)

시를 따라 써보고 시에 대한 느낌과 감정을 글로 적어보세요.
내가 느낀 감정과 가장 비슷하다고 생각되는 감정 스티커를 찾아 붙여보세요!

무얼 먹구 사나

바닷가 사람
물고기 잡아먹구 살구
산골엣 사람
감자 구워 먹구 살구
별나라 사람
무얼 먹구 사나.

_ 1936. 10월.

시를 따라 써보고 시에 대한 느낌과 감정을 글로 적어보세요.
내가 느낀 감정과 가장 비슷하다고 생각되는 감정 스티커를 찾아 붙여보세요!

산울림

까치가 울어서
산울림,
아무도 못 들은
산울림.

까치가 들었다,
산울림,
저 혼자 들었다,
산울림.

_ 1938. 5월.

 시를 따라 써보고 시에 대한 느낌과 감정을 글로 적어보세요.
내가 느낀 감정과 가장 비슷하다고 생각되는 감정 스티커를 찾아 붙여보세요!

새로운 길

내를 건너서 숲으로
고개를 넘어서 마을로

어제도 가고 오늘도 갈
나의 길 새로운 길

민들레가 피고 까치가 날고
아가씨가 지나고 바람이 일고

나의 길은 언제나 새로운 길
오늘도 …… 내일도 ……

내를 건너서 숲으로
고개를 넘어서 마을로

_ 1938. 5. 10.

시를 따라 써보고 시에 대한 느낌과 감정을 글로 적어보세요.
내가 느낀 감정과 가장 비슷하다고 생각되는 감정 스티커를 찾아 붙여보세요!

굴뚝

산골짜기 오막살이 낮은 굴뚝엔
몽긔몽긔 웬 내굴 대낮에 솟나.

감자를 굽는 게지, 총각 애들이
깜박깜박 검은 눈이 모여 앉아서,
입술이 꺼멓게 숯을 바르고,
옛 이야기 한 커리에 감자 하나씩.

산골짜기 오막살이 낮은 굴뚝엔
살랑살랑 솟아나네 감자 굽는 내.

_ 1936년 가을.

시를 따라 써보고 시에 대한 느낌과 감정을 글로 적어보세요.
내가 느낀 감정과 가장 비슷하다고 생각되는 감정 스티커를 찾아 붙여보세요!

눈 감고 간다

태양을 사모하는 아이들아
별을 사랑하는 아이들아

밤이 어두웠는데
눈 감고 가거라.

가진 바 씨앗을
뿌리면서 가거라

발부리에 돌이 채이거든
감았던 눈을 와짝 떠라.

_ 1941. 5. 31.

시를 따라 써보고 시에 대한 느낌과 감정을 글로 적어보세요.
내가 느낀 감정과 가장 비슷하다고 생각되는 감정 스티커를 찾아 붙여보세요!

해비

아씨처럼 내린다
보슬보슬 해비
맞아주자, 다 같이
　　옥수숫대처럼 크게
　　닷 자 엿 자 자라게
　　해님이 웃는다.
　　나 보고 웃는다.

하늘 다리 놓였다.
알롱달롱 무지개
노래하자, 즐겁게
　　동무들아 이리 오나.
　　다 같이 춤을 추자.
　　해님이 웃는다.
　　즐거워 웃는다.

_ 1936. 9. 9.

시를 따라 써보고 시에 대한 느낌과 감정을 글로 적어보세요.
내가 느낀 감정과 가장 비슷하다고 생각되는 감정 스티커를 찾아 붙여보세요!

애기의 새벽

우리 집에는
닭도 없단다.
다만
애기가 젖 달라 울어서
새벽이 된다.

우리 집에는
시계도 없단다.
다만
애기가 젖 달라 보채어
새벽이 된다.

_ 1938년.(추정)

시를 따라 써보고 시에 대한 느낌과 감정을 글로 적어보세요.
내가 느낀 감정과 가장 비슷하다고 생각되는 감정 스티커를 찾아 붙여보세요!

병아리

"뾰, 뾰, 뾰
엄마 젖 좀 주"
병아리 소리.

"꺽, 꺽, 꺽
오냐 좀 기다려"
엄마 닭 소리.

좀 있다가
병아리들은
엄마 품으로
다 들어갔지요.

_ 1936. 1. 6.

시를 따라 써보고 시에 대한 느낌과 감정을 글로 적어보세요.
내가 느낀 감정과 가장 비슷하다고 생각되는 감정 스티커를 찾아 붙여보세요!

비행기

머리에 프로펠러가,
연자간 풍채보다
더— 빨리 돈다.

땅에서 오를 때보다
하늘에 높이 떠서는
빠르지 못하다
숨결이 찬 모양이야.

비행기는—
새처럼 나래를
펄럭거리지 못한다
그리고 늘—
소리를 지른다.
숨이 찬가 봐.

_1936. 10월 초.

시를 따라 써보고 시에 대한 느낌과 감정을 글로 적어보세요.
내가 느낀 감정과 가장 비슷하다고 생각되는 감정 스티커를 찾아 붙여보세요!

귀뚜라미와 나와

귀뚜라미와 나와
잔디밭에서 이야기했다.

귀뚤귀뚤
귀뚤귀뚤

아무에게도 알려주지 말고
우리 둘만 알자고 약속했다.

귀뚤귀뚤
귀뚤귀뚤

귀뚜라미와 나와
달 밝은 밤에 이야기했다.

_ 1938년경.(추정)

시를 따라 써보고 시에 대한 느낌과 감정을 글로 적어보세요.
내가 느낀 감정과 가장 비슷하다고 생각되는 감정 스티커를 찾아 붙여보세요!

죽는 날까지
하늘을 우러러
한 점 부끄럼이
없기를

오줌싸개 지도

빨줄에 걸어 논
요에다 그린 지도는
간밤에 내 동생
오줌 싸서 그린 지도.

위에 큰 것은
꿈에 본 만주 땅
그 아래
길고도 가는 건 우리 땅.

_1936년 초.(추정)

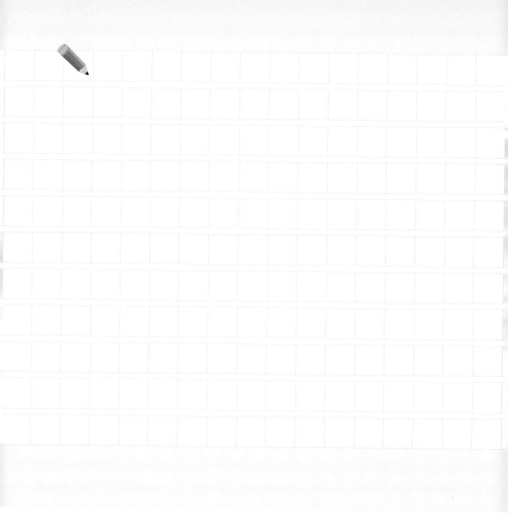

시를 따라 써보고 시에 대한 느낌과 감정을 글로 적어보세요.
내가 느낀 감정과 가장 비슷하다고 생각되는 감정 스티커를 찾아 붙여보세요!

둘 다

바다도 푸르고,
하늘도 푸르고,

바다도 끝없고,
하늘도 끝없고,

바다에 돌 던져보고
하늘에 침 뱉어보오

바다는 벙글
하늘은 잠잠

둘 다 크기도 하오.

_ 1937년 초.(추정)

시를 따라 써보고 시에 대한 느낌과 감정을 글로 적어보세요.
내가 느낀 감정과 가장 비슷하다고 생각되는 감정 스티커를 찾아 붙여보세요!

빗자루

요—리조리 베면 저고리 되고
이—렇게 베면 큰 총 되지.
　　누나하구 나하구
　　가위로 종이 쏠았더니
　　어머니가 빗자루 들고
　　누나 하나 나 하나
　　볼기짝을 때렸소
　　방바닥이 어지럽다고—

　　아니 아—니
　　고놈의 빗자루가
　　방바닥 쓸기 싫으니
　　그랬지 그랬어
괘씸하여 벽장 속에 감췄더니
이튿날 아침 빗자루가 없다고
어머니가 야단이지요.

_1936. 9. 9.

시를 따라 써보고 시에 대한 느낌과 감정을 글로 적어보세요.
내가 느낀 감정과 가장 비슷하다고 생각되는 감정 스티커를 찾아 붙여보세요!

해바라기 얼굴

누나의 얼굴은
　　　해바라기 얼굴
해가 금방 뜨자
　　　일터에 간다.

해바라기 얼굴은
　　　누나의 얼굴
얼굴이 숙어 들어
　　　집으로 온다.

_ 1938년.(추정)

시를 따라 써보고 시에 대한 느낌과 감정을 글로 적어보세요.
내가 느낀 감정과 가장 비슷하다고 생각되는 감정 스티커를 찾아 붙여보세요!

밤

외양간 당나귀
아—ㅇ 앙 외마디 울음 울고,

당나귀 소리에
으—아 아 애기 소스라쳐 깨고,

등잔에 불을 다오.

아버지는 당나귀에게
짚을 한 키 담아 주고,

어머니는 애기에게
젖을 한 모금 먹이고,

밤은 다시 고요히 잠드오.

_1937. 3월.

시를 따라 써보고 시에 대한 느낌과 감정을 글로 적어보세요.
내가 느낀 감정과 가장 비슷하다고 생각되는 감정 스티커를 찾아 붙여보세요!

서시(序詩)

죽는 날까지 하늘을 우러러
한 점 부끄럼이 없기를,
잎새에 이는 바람에도
나는 괴로워했다.
별을 노래하는 마음으로
모든 죽어가는 것을 사랑해야지
그리고 나한테 주어진 길을
걸어가야겠다.

오늘 밤에도 별이 바람에 스치운다.

_ 1941. 11. 20.

*유고시집 『하늘과 바람과 별과 詩』의 머리말[序]에 해당하는 글로 원작에는 제목이 없다.

시를 따라 써보고 시에 대한 느낌과 감정을 글로 적어보세요.
내가 느낀 감정과 가장 비슷하다고 생각되는 감정 스티커를 찾아 붙여보세요!

조개껍질
―바닷물 소리 듣고 싶어

아롱아롱 조개껍데기
울 언니 바닷가에서
주워 온 조개껍데기

여긴 여긴 북쪽 나라요
조개는 귀여운 선물
장난감 조개껍데기.

데굴데굴 굴리며 놀다,
짝 잃은 조개껍데기
한 짝을 그리워하네

아롱아롱 조개껍데기
나처럼 그리워하네
물소리 바닷물 소리.

_1935. 12월.

시를 따라 써보고 시에 대한 느낌과 감정을 글로 적어보세요.
내가 느낀 감정과 가장 비슷하다고 생각되는 감정 스티커를 찾아 붙여보세요!

만돌이

만돌이가 학교에서 돌아오다가
전봇대 있는 데서
돌재기 다섯 개를 주웠습니다.

전봇대를 겨누고
돌 첫 개를 뿌렸습니다.
―딱―
두 개째 뿌렸습니다.
―아뿔싸―
세 개째 뿌렸습니다.
―딱―
네 개째 뿌렸습니다.
―아뿔싸―
다섯 개째 뿌렸습니다.
―딱―

다섯 개에 세 개 ……
그만하면 되었다.
내일 시험,

다섯 문제에, 세 문제만 하면—
손꼽아 구구를 하여봐도
허양 육십 점이다.
볼 거 있나 공 차러 가자.

그 이튿날 만돌이는
꼼짝 못 하고 선생님한테
흰 종이를 바쳤을까요
그렇잖으면 정말
육십 점을 맞았을까요

_1937. 3월.(추정)

시를 따라 써보고 시에 대한 느낌과 감정을 글로 적어보세요.
내가 느낀 감정과 가장 비슷하다고 생각되는 감정 스티커를 찾아 붙여보세요!

기왓장 내외

비 오는 날 저녁에 기왓장 내외
잃어버린 외아들 생각나선지
꼬부라진 잔등을 어루만지며
쭈룩쭈룩 구슬피 울음 웁니다

대궐 지붕 위에서 기왓장 내외
아름답던 옛날이 그리워선지
주름 잡힌 얼굴을 어루만지며
물끄러미 하늘만 쳐다봅니다.

_1936년 초.(추정)

시를 따라 써보고 시에 대한 느낌과 감정을 글로 적어보세요.
내가 느낀 감정과 가장 비슷하다고 생각되는 감정 스티커를 찾아 붙여보세요!

나무

나무가 춤을 추면
　바람이 불고,
나무가 잠잠하면
　바람도 자오.

_1937. 3월.(추정)

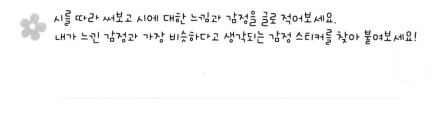

시를 따라 써보고 시에 대한 느낌과 감정을 글로 적어보세요.
내가 느낀 감정과 가장 비슷하다고 생각되는 감정 스티커를 찾아 붙여보세요!

참새

앞마당을 백로지인 것처럼
참새들이 글씨 공부하지요

쨋, 쨋, 입으론 부르면서,
두 발로는 글씨 공부하지요.

하루 종일 글씨 공부하여도
쨋 자 한 자밖에 더 못 쓰는 걸.

_1936. 12월.

 시를 따라 써보고 시에 대한 느낌과 감정을 글로 적어보세요.
내가 느낀 감정과 가장 비슷하다고 생각되는 감정 스티커를 찾아 붙여보세요!

버선본

어머니!
누나 쓰다 버린 습자지는
두어둬서 뭘 합니까?

그런 줄 몰랐더니
습자지에다 내 버선 놓고
가위로 오려
버선본 만드는걸.

어머니!
내가 쓰다 버린 몽당연필은
두어둬서 뭘 합니까

그런 줄 몰랐더니
천 위에다 버선본 놓고
침 발라 점을 찍곤
내 버선 만드는걸.

_1936. 12월 초.

시를 따라 써보고 시에 대한 느낌과 감정을 글로 적어보세요.
내가 느낀 감정과 가장 비슷하다고 생각되는 감정 스티커를 찾아 붙여보세요!

별 하나에 추억과
별 하나에 사랑과
별 하나에 쓸쓸함과
별 하나에 동경과
별 하나에 시와
별 하나에 어머니
어머니

코스모스

청초한 코스모스는
오직 하나인 나의 아가씨,

달빛이 싸늘히 추운 밤이면
옛 소녀가 못 견디게 그리워
코스모스 핀 정원으로 찾아간다.

코스모스는
귀또리 울음에도 수줍어지고,

코스모스 앞에 선 나는
어렸을 적처럼 부끄러워지나니,

내 마음은 코스모스의 마음이요.
코스모스의 마음은 내 마음이다.

_ 1938. 9. 20.

시를 따라 써보고 시에 대한 느낌과 감정을 글로 적어보세요.
내가 느낀 감정과 가장 비슷하다고 생각되는 감정 스티커를 찾아 붙여보세요!

자화상

산모퉁이를 돌아 논가 외딴 우물을 홀로 찾아가선 가만히 들여다봅니다.

우물 속에는 달이 밝고 구름이 흐르고 하늘이 펼치고 파아란 바람이 불고 가을이 있습니다.

그리고 한 사나이가 있습니다.
어쩐지 그 사나이가 미워져 돌아갑니다.

돌아가다 생각하니 그 사나이가 가엾어집니다. 도로 가 들여다보니 사나이는 그대로 있습니다.

다시 그 사나이가 미워져 돌아갑니다.
돌아가다 생각하니 그 사나이가 그리워집니다.

우물 속에는 달이 밝고 구름이 흐르고 하늘이 펼치고 파아란 바람이 불고 가을이 있고 추억처럼 사나이가 있습니다.

_1939. 9월.

시를 따라 써보고 시에 대한 느낌과 감정을 글로 적어보세요.
내가 느낀 감정과 가장 비슷하다고 생각되는 감정 스티커를 찾아 붙여보세요!

창구멍

바람 부는 새벽에 장터 가시는
우리 아빠 뒷자취 보구 싶어서
침을 발라 뚫어 논 작은 창구멍
아롱아롱 아침해 비치웁니다

눈 내리는 저녁에 나무 팔러 간
우리 아빠 오시나 기다리다가
혀끝으로 뚫어 논 작은 창구멍
살랑살랑 찬바람 날아듭니다.

_ 1936년 초.(추정)

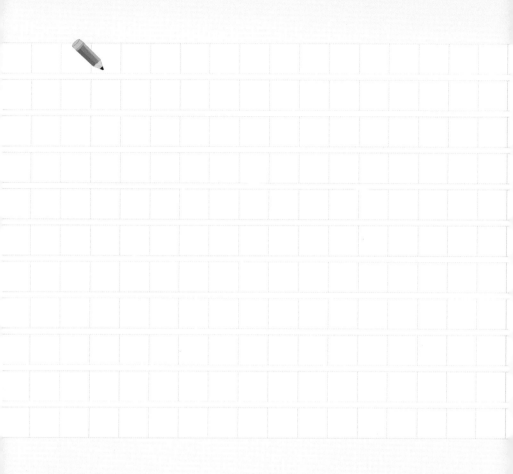

시를 따라 써보고 시에 대한 느낌과 감정을 글로 적어보세요.
내가 느낀 감정과 가장 비슷하다고 생각되는 감정 스티커를 찾아 붙여보세요!

편지

누나!
이 겨울에도
눈이 가득히 왔습니다.

흰 봉투에
눈을 한 줌 옇고
글씨도 쓰지 말고
우표도 붙이지 말고
말쑥하게 그대로
편지를 부칠까요

누나 가신 나라엔
눈이 아니 온다기에.

_ 1936. 12월.(추정)

시를 따라 써보고 시에 대한 느낌과 감정을 글로 적어보세요.
내가 느낀 감정과 가장 비슷하다고 생각되는 감정 스티커를 찾아 붙여보세요!

빨래

빨랫줄에 두 다리를 드리우고
흰 빨래들이 귓속 이야기 하는 오후.

쨍쨍한 칠월 햇발은 고요히도
아담한 빨래에만 달린다.

_ 1936년.

시를 따라 써보고 시에 대한 느낌과 감정을 글로 적어보세요.
내가 느낀 감정과 가장 비슷하다고 생각되는 감정 스티커를 찾아 붙여보세요!

호주머니

넣을 것 없어
걱정이던
호주머니는,

겨울만 되면
주먹 두 개 갑북갑북.

_1936. 12월~ 1937. 1월 사이.(추정)

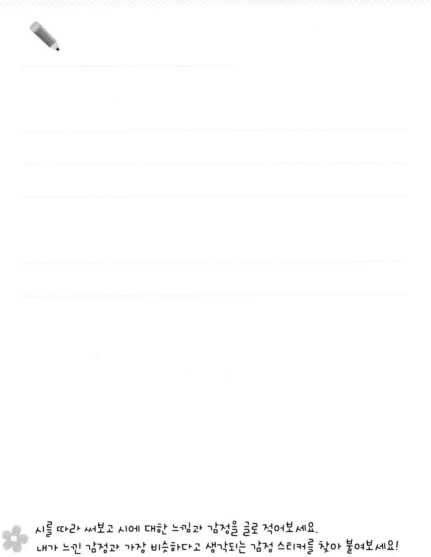

시를 따라 써보고 시에 대한 느낌과 감정을 글로 적어보세요.
내가 느낀 감정과 가장 비슷하다고 생각되는 감정 스티커를 찾아 붙여보세요!

거짓부리

똑, 똑, 똑,
문 좀 열어주셔요.
하룻밤 자고 갑시다.
  밤은 깊고 날은 추운데,
  거, 누굴까 ?
문 열어 주구 보니,
검둥이의 꼬리가,
거짓부리한걸.

꼬기요, 꼬기요,
닭알 낳았다.
간난아 ! 어서 집어 가거라
  간난이 뛰어가 보니,
  닭알은 무슨 닭알.
고놈의 암탉이
대낮에 새빨간
거짓부리한걸.

_1937년 초.(추정)

시를 따라 써보고 시에 대한 느낌과 감정을 글로 적어보세요.
내가 느낀 감정과 가장 비슷하다고 생각되는 감정 스티커를 찾아 붙여보세요!

이불

지난밤에
눈이 소—복이 왔네
지붕이랑
길이랑 밭이랑
추워한다고
덮어주는 이불인가 봐

그러기에
추운 겨울에만 내리지

_1936. 12월.

시를 따라 써보고 시에 대한 느낌과 감정을 글로 적어보세요.
내가 느낀 감정과 가장 비슷하다고 생각되는 감정 스티커를 찾아 붙여보세요!

겨울

처마 밑에
시래기 다람이
바삭바삭
춥소.

길바닥에
말똥 동그라미
달랑달랑
어오.

_1936년 겨울.

시를 따라 써보고 시에 대한 느낌과 감정을 글로 적어보세요.
내가 느낀 감정과 가장 비슷하다고 생각되는 감정 스티커를 찾아 붙여보세요!

고향 집
—만주에서 부른

헌 짚신짝 끄을고
　　　나 여기 왜 왔노
두만강을 건너서
　　　쓸쓸한 이 땅에

남쪽 하늘 저 밑엔
　　　따뜻한 내 고향
내 어머니 계신 곳
　　　그리운 고향 집.

_ 1936. 1. 6.

 시를 따라 써보고 시에 대한 느낌과 감정을 글로 적어보세요.
내가 느낀 감정과 가장 비슷하다고 생각되는 감정 스티커를 찾아 붙여보세요!

반딧불

가자, 가자, 가자,
숲으로 가자.
달 조각을 주우러
숲으로 가자

　　그믐밤 반딧불은
　　부서진 달 조각

　　가자, 가자, 가자,
　　숲으로 가자.
　　달 조각을 주우러
　　숲으로 가자.

_ 1937년 초.(추정)

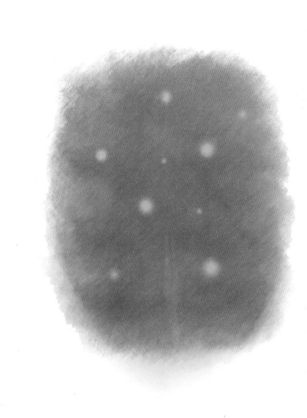

시를 따라 써보고 시에 대한 느낌과 감정을 글로 적어보세요.
내가 느낀 감정과 가장 비슷하다고 생각되는 감정 스티커를 찾아 붙여보세요!

별 헤는 밤

계절이 지나가는 하늘에는
가을로 가득 차 있습니다.

나는 아무 걱정도 없이
가을 속의 별들을 다 헤일 듯합니다.

가슴속에 하나 둘 새겨지는 별을
이제 다 못 헤는 것은
쉬이 아침이 오는 까닭이요,
내일 밤이 남은 까닭이요,
아직 나의 청춘이 다하지 않은 까닭입니다.

별 하나에 추억과
별 하나에 사랑과
별 하나에 쓸쓸함과
별 하나에 동경과
별 하나에 시와
별 하나에 어머니, 어머니,

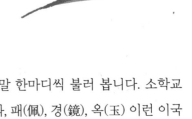

어머님, 나는 별 하나에 아름다운 말 한마디씩 불러 봅니다. 소학교
때 책상을 같이 했던 아이들의 이름과, 패(佩), 경(鏡), 옥(玉) 이런 이국

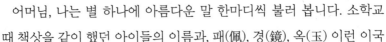

소녀들의 이름과 벌써 애기 어머니 된 계집애들의 이름과, 가난한 이웃사람들의 이름과, 비둘기, 강아지, 토끼, 노새, 노루, '프랑시스 잠' '라이너 마리아 릴케', 이런 시인의 이름을 불러봅니다.

이네들은 너무나 멀리 있습니다.
별이 아슬히 멀듯이,

어머님,
그리고 당신은 멀리 북간도에 계십니다.

나는 무엇인지 그리워
이 많은 별빛이 내린 언덕 위에
내 이름자를 써보고,
흙으로 덮어버리었습니다.

딴은 밤을 새워 우는 벌레는
부끄러운 이름을 슬퍼하는 까닭입니다.

그러나 겨울이 지나고 나의 별에도 봄이 오면
무덤 위에 파란 잔디가 피어나듯이
내 이름자 묻힌 언덕 위에도
자랑처럼 풀이 무성할 게외다.

_ 1941. 11. 5.

시를 따라 써보고 시에 대한 느낌과 감정을 글로 적어보세요.
내가 느낀 감정과 가장 비슷하다고 생각되는 감정 스티커를 찾아 붙여보세요!